AF372594

Vente du Lundi 28 Mars 1870

A DEUX HEURES ET DEMIE SALLE N° 9

TABLEAUX MODERNES

AQUARELLES

BRONZES ET MARBRES

Mᵉ THORY

COMMISSAIRE-PRISEUR

M. ODOARD

EXPERT

PARIS — 1870

RENOU ET MAULDE

IMPRIMEURS DE LA COMPAGNIE DES COMMISSAIRES-PRISEURS

Rue de Rivoli, 144

CATALOGUE

D'UNE COLLECTION DE

TABLEAUX MODERNES

AQUARELLES

BRONZES ET MARBRES

DONT LA VENTE AUX ENCHÈRES PUBLIQUES AURA LIEU

HOTEL DES VENTES, RUE DROUOT

SALLE N° 9, AU PREMIER ÉTAGE

Le Lundi 28 Mars 1870

A DEUX HEURES ET DEMIE

Par le ministère de **Me THORY**, Commissaire-Priseur,
rue Montyon, 11 (faubourg Montmartre),

Assisté de **M. ODOARD**, Expert, boulevart Haussmann, 98.

EXPOSITIONS

PARTICULIÈRE	PUBLIQUE
Le Samedi 26 Mars 1870	Le Dimanche 27 Mars 1870

DE UNE HEURE A CINQ HEURES

PARIS — 1870

CONDITIONS DE LA VENTE

Elle sera faite au comptant.

Les Adjudicataires paieront CINQ POUR CENT, en sus des enchères, applicables aux frais de vente.

DÉSIGNATION

DES

TABLEAUX

ACCARD

1 — Le Concert.

ACCARD

2 — Mousquetaire.

BARON (H.)

3 — Le Repos dans le parc.

BARON (H.)

4 — La Source.

BRINDEL

5 — Moutons dans un bois.

BLUM

6 — La Visite à l'écurie.

BERGUE (Tony de)

7 — Le Retour du chasseur.

BERGUE (Tony de)

8 — Le Concert au cabaret.

BERGUE (Tony de)

9 — La Bienvenue. (Salon de 1867.)

BERGUE (Tony de)

10 — Le Duo.

COROT

11 — Paysage (Ville-d'Avray).

COROT

12 — Entrée de la ville de Mantes.

COROT

13 — Paysage.

COROT

14 — Jeune Femme se parant. (Etude.)

COCK (César de)

15 — Paysage.

COCK (Xavier de)

16 — Le Printemps.

CHAPLIN

17 — Esquisse du plafond de S. M. l'Impératrice, aux Tuileries.

DIAZ

18 — Dessous de bois (forêt de Fontainebleau).

DIAZ

19 — Une Coupe de bois (Fontainebleau .

DIAZ

20 — Madeleine.

DIAZ

21 — Dessous de bois.

DAUBIGNY

22 — Les Bords de l'Oise.

DAUMIER

23 — Don Quichotte.

DEVÉDEUX

24 — La Brouille.

DEVÉDEUX

25 — La Réconciliation.

DEVÉDEUX

26 — L'Ingénue.

DEVÉDEUX

27 — La Courtisane.

DUPRÉ (V.)

28 — Paysage.

ERPIKUM

29 — L'Automne. (Dessus de porte.)

ERPIKUM

30 — L'Été. (Pendant du précédent.)

ERPIKUM

31 — Jeune Page.

FAUVELET

32 — Méditation.

FRÈRE (Th.)

33 — Le Repos (Orient).

HUGUET

34 — Caravane en marche.

HERING

35 — Cheval anglais harnaché.

JACQUE (Ch.)

36 — Poules et Coq.

LINDER

37 — Jeune Femme Louis XV.

LAMBINET

38 — Paysage.

LECLAIRE (V.)

39 — Fleurs et Fruits.

MOZIN

40 — Marine.

MÉLIN

41 — Chien de chasse.

MÉLIN

42 — Terre-Neuve.

NOEL (J.)

43 — Une Rue à Abbeville.

NOEL (J.)

44 — Le Tréport.

OUDINOT (A.)

45 — Le Lac (parc de Maintenon). Salon de 1867.

OUDINOT (A.)

46 — Effet du matin à Beuzeval. (Salon de 1868.)

PASINI

47 — Le Défilé.

PASINI

48 — Cavalier persan.

PASINI

49 — Caravane en marche.

PLASSAN

50 — Le Lever.

PILS

51 — Artilleur tenant son cheval.

PAL'ZZI (Ph.)

52 — Paysage avec animaux (campagne de Rome).

RIBOT

53 — Le Récureur.

ROYBET

54 — Tête d'enfant.

STÉVENS (J.)

55 — Chien se mirant dans une glace.

TASSAERT

56 — Le Songe.

VEYRASSAT

57 — Chevaux de halage.

VEYRASSAT

58 — Le Repos.

VOLLON

59 — Le Bas-Meudon.

VOLLON

60 — Nature morte.

VOLLON

61 — Nature morte.

VOS (DE)

62 — Concert de famille.

VOS (DE)

63 — Chien et Chat.

VOS (DE)

64 — La Poursuite.

VILLAIN

65 — Une Réussite.

WASHINGTON

66 — La Chasse au faucon en Afrique.

AQUARELLES

—

BROWN (J.-L.)

67 — Le Chasseur.

BARON (H.)

68 — Le Rendez-vous galant.

COURDOUAN (V.)

69 — Une Cour de château. (Sépia.)

DAVID (G.)

70 — Les Domestiques.

HERSON

71 — Un Lavoir en Normandie.

HERSON

72 — Nogent-le-Roi.

HARPIGNIES

73 — Paysage; soleil couchant.

HARPIGNIES

74 — Paysage; soleil couchant.

JORIS

75 — Napolitaine.

LAMI (Eugène)

76 — Le Duc d'Orléans à la tête d'un régiment de dra-
gons.

LECLAIRE (V.)

77 — Bouquet de fleurs. (Salon de 1869.)

SIMONETTI

78 — Italienne.

TESSON

79 — Une Rue en Normandie.

BRONZES

BARYE

80 — Tigre surprenant une antilope.

BARYE

81 — Panthère saisissant un cerf. (Pendant du précédent.)

CAVELIER

82 — La Pénélope. (Réduction Collas.)

MARBRES

LEQUESNE ET PRADIER

83 — Satyre et Bacchante.

LEQUESNE ET PRADIER

84 — Léda.

MATHURIN-MOREAU

85 — L'Été.

SAUVAGEAU

86 — Deux Femmes grecques formant pendants.

INCONNU

87 — Groupe : Chèvre et Chevreau.

Renou et Maulde, imprimeurs de la Compagnie des Commissaires-Priseurs, rue de Rivoli, 144. 2641